母守唄《ははもりうた》

母は焚き木です

国見修二 詩集

玲風書房

GOICHI

母守唄

母は焚き木です

序

詩集『母は焚き木です』に寄せて

西舘好子（日本子守唄協会会長）

十億人の人に十億人の母あらむもわが母にまさる母ありなむ

金沢出身の宗教哲学者、暁烏敏のことばです。

この世に母親のいない人はいません。その母親を直視する想い出を持たないという人もいません。たとえその母が、亡き人となっても、また業が深く、どんなに苦しめられたと思っていても、自分の母親を無視したり否定することなど出来はしません。それはそのまま自分という存在を否定してしまうことと同じなのですから。

しかし母とはなんなのか、私自身今は亡きわが母を思い、自分も三人の娘たちを産み、果たしてどんな母親なのか、問い続けて今に至っています。

日本子守唄協会を立ち上げ、初代会長に詩人の松永伍一氏をお迎えした時、まずびっくりしたことがありました。

松永さんの母親に対しての思慕敬慕が並ではないのです。

話のはじまりの「母は」はいつの間にか「母上様」になり、やがて「あのお方」になり、ついには母へ捧げるつもりで「子守唄」を生涯の仕事のテーマにしたといういきさつは、他人が口をはさむ余地もかけらもありませんでした。文学好きで情緒過多の母親を心から理解し、深く女性として敬い続けるなど私には考えられませんでした。

しかし、この母なくして自分は生きられないという確信こそ松永さんの信念でした。

松永さんに限らず子守唄の研究家の大方は男性で、皆さんそろって母親恋慕の質があります。おそらく女性の私たちは子供を出産することで自分の母親の全てを受け入れることが出来ると予感しているのかもしれませんが、男性にとって母親は、永久の謎を秘めている存在なのかもしれません。

松永さんのお母様は「暗きより暗きに移るわが身をばこのまま救う松影の月」という詩を残して旅立ちましたが、その時それを読んだ松永さんの激しい慟哭は、卒倒するほど強烈なものだったそうです。母と初めて出会ったというほどの衝撃と、暗きという言葉に、自分の知らない母親の女性の部分を感じ取ったと、そう言われました。

知らなかった母を感じたその瞬間、「子守唄」は、晩年の松永さんの母へ送る讃歌として、「母守唄」というテーマに置き換えられたのです。

母親讃歌は命を貫く一本の糸、生活すべての讃歌となって松永さんの生涯を締めくくりました。

国見さんの詩集「母は焚き木です」を拝読しているうち、私は、長年抱き続けてきた自分への疑問を歌の中から見つけようとしている自分に気が付きました。

まず自分の母親はどこにいるのだろうかと探し見つけたのは、

母は大根です
霜降る片田舎の秋蒔きの太い大根です
冬の胃袋を満たすための

でした。私の母も大根のように大きく太めで、また大根をよく煮ていました。

懐かしさでいっぱいになりました。そこに母を生き返らせることができました。

国見さんの詩の一篇一篇は、どれも読み手それぞれだれかの母親像にたどり着くものばかりです。

わずか三行の詩に母を閉じ込めてみたと国見さんはお書きになっていらっしゃいますが、私にはその芯に、男性にしか解り得ない、母親を通した命への慈愛とふるさとへの回帰とがあるように思えてなりません。

「子守唄」と「母守唄」は歌い歌われていく人生の普遍さ、当たり前の生活の重みと深さ、飛び跳ねるような日本語のリズムと、雪の香りがしてくるのです。国見修二さんの新潟を彷徨とさせる詩人の土の優しさが全編に感じられるからだと思います。


（二〇一八年　晩秋）

表紙絵・挿画　松永伍一

目次

第一章　遊び

母は山女魚です
春の渓流を泳ぐ春の使者です
宝石を散りばめながら—。

母は南風です
あらゆるものに発芽のスイッチを促す南風です
芽・芽・眼のダンス

母はシロツメクサです
春の野の子どもの額の花冠です
ヒバリの急下降―。

母は百花繚乱です
桜やコブシ、レンギョウの万華鏡です
股の下から眺めます

母は鼻歌です
春の道をスキップする鼻歌です
イヌノフグリが咲きました

母は道草です
レンゲ畑の道草です
編んだ首飾りがとぐろを巻いて春を見つめています

母はタモ木です
兄弟親戚
皆手をつなぎ合う五月の風の中のタモ木です

母は子どもです
真ん丸い目をして笑う子どもです
ハザ木に吊るしたハンモックが揺れ蛙が鳴きます

母は蛙です
苗代の土手でおしくらまんじゅうする蛙です
蛇の目が光ります

母は笹舟です
春の小川に揺れる笹舟です
川底でザリガニが相撲をとっています

母は雲雀です
五月の緑の風の中でさえずる雲雀です
早乙女のおしゃべりにも負けません

母は牛ガエルの喉笛です
五月の田で鳴く喉笛です
牛が共鳴してモウ・モウオーと鳴きました

母は風です
鯉のぼりを泳がせる風です
透き通るほどの薄緑色の—。

母は亀です
甲羅に穴をあけられ針金で繋がれた亀です
梅雨晴れの梅干の匂いのする中の—。

母はウミガメです
卵を産みながら涙するウミガメです
落下する卵の未来—。

母は看板です
蚊取り線香の看板です
忘れ去られた昔むかしの—。

母はルネサンスです
ほおかぶりしたルネサンスです
今夜のおかずを考える―。

母は飛魚です
明け方の海面を飛ぶ飛魚です
誰に追われているのですか

母は魚です
陸上を泳ぐ魚です
時々水が恋しくて水道管を泳ぎます

母は昼寝です
二人の子を両側にした川の字の昼寝です
風鈴の子守唄

母は少女です
おかっぱ頭の少女です
水玉模様のワンピースを着た―。

母は麦わら帽子です
かき氷の甘さを残し
海へと飛ばされる麦わら帽子です

母は初恋です
風鈴に揺れる初恋です
蒼い海の水平線

母は原節子です
スカート姿で紅を差す原節子です
（こんな時間も下さいな）

母はガラス瓶です
飛び交う蛍を取り込み子ども等を喜ばすガラス瓶です
吐息のような淡く青い光の—。

母は田舎です
盆踊りの田舎です
アンプの音が絶叫する短い夏の—。

母はスイッチョンです
お盆参りに鳴くスイッチョンです
提灯に映る顔を見てはいけません

母はおかっぱです
もんぺをはいたおかっぱです
過去が鮮やかに通り過ぎます

母は洗濯機です
汚れを落とし回り続ける洗濯機です
子ども等の目白押しの遊びです

母は横山操です
はさ木を描く横山操です
蒲原のあちこちに立つハザ木と交信します

母はオニヤンマです
ヘリコプターの音を出して飛ぶオニヤンマです
先祖が集う座敷を旋回します

母はプラモデルです
完成することのないゼロ戦です
部品を隠した子が押入れに潜みます

母はチンドン屋です
笛と太鼓と摺り鉦のチンドン屋です
音を残して晩夏に消えて行きます

母は姉さんかぶりです
休むことを忘れた姉さんかぶりです
アリャサ・アリャサと—。

母は赤とんぼです
指先にとまる赤とんぼです
その子は今も泣き続けています

母はプロペラ機です
愚直に進むプロペラ機です
夕陽をどこまでも追いかける―。

母はカゴメです
手をつなぎ唄うカゴメです
後ろの正面を見てはいけません

母はオハジキです
おかっぱの子を遊ばせるオハジキです
座敷童も一緒です

母は紙芝居です
春夏秋冬の紙芝居です
終わりのないハッピーエンドです

母は人形です
セルロイドで出きたキューピットの人形です
赤いドレスを着た―。

母はジャンボジェット機です
五百人を乗せて飛ぶジャンボジェット機です
世界を巡って見たかった思いが逆噴射します

母は花札です
家族が集う花札です
午前零時を過ぎても終わらない正月の行事です

母はシェークスピアです
生きるべきか死ぬべきかを問うシェークスピアです
田舎のお盆の頃のほんのひと時の—。

母はクエッションマークです
〈生きるとは何か〉を頭では考えず
〈生活〉を実行するクエッションマークです

母は覆面です
デストロイヤーの覆面です
人生を四の字固めにします

母は蝸牛です
集音する蝸牛です
あ　い　う　え　お　母さん　き　こ　え　ま　す　か

母はハザ木です
吹雪を防ぐハザ木です
兄と妹と姉もみんなで手を結びます

母はスキーです
竹を割り火であぶって作られたスキーです
小正月の故郷に向けて疾走します

母は福笑いです
小正月の故郷の福笑いです
垂れ目が一つ、顔をはみ出しました

第二章　食べる

母は竹です
今でもスクスクと伸び続ける竹です
今年九十二個目の節が出来たら繋ぎ竿のようにストンと縮みました

母はホタルイカです
海に燃える青い炎です
春が手を広げて押し寄せて来ます

母は節句です
包み込まれた笹の香りの節句です
柱の傷は誰ですか？

母は麹です
どの子にもあせらずじっくりと発酵させる麹です
赤や青や黄色の—。

母は味噌です
自家製の味噌です
吊るされた場所で家族を見守る味噌玉です

母はおにぎりです
しょっぱい塩おにぎりです
アブラゼミが絶叫し遊び声が絶えない夏の日の—。

母はカニです　洗面器の中で泡を吹くカニです
泡の中で思い出が揺れています
鍋の湯がぐつぐつと煮立って来ました

母はスイカです
井戸水で冷やされ子どもが取りに来るのを待つ
縞模様のスイカです

母は山羊です
乳房の膨らんだ山羊です
少年が空の一升瓶をぶら下げてやって来ました

母は米のとぎ汁です
洗われ捨てられた米のとぎ汁です
ミミズが堆肥の中で日々成長しています

母は金太郎アメです
泣き笑いをした金太郎アメです
一個一個の表情が違う新型金太郎アメです

母は笹団子を結ぶスゲの紐です
午前三時に起きて団子を結ぶスゲの紐です
子ども等が逃げないように固く結びます

母はバナナです
仏壇に供えられたバナナです
その香りに子どもも座敷童も集まります

母は味噌汁です
具たくさんの味噌汁です
三六五日休むことのない―。

母は料理人です
〈子ども鍋〉を煮る料理人です
一瞬にそのメニューを打ち消します

母はカレーです
サバ缶とカレー粉と小麦粉で作る腹ペコのカレーです
稲穂の香りがゆだれを垂らして窓から覗きます

母はブドウです
豊饒の恵みです
一粒一粒に仏性を宿して—。

母は麦です
一面の秋麦です
揺れながら音を奏でます

母は大根です
霜降る片田舎の秋蒔きの太い大根です
冬の胃袋を満たすための—。

母は白菜です
両手でやっと抱える白菜です
大仏様のような慈悲が香ります

母はキノコです
霧雨の中に群生するキノコです
傘の顔が一斉に笑います

母はのっぺい汁です
正月の家族が集うのっぺい汁です
もう味付けを忘れました

母は強飯《おこわ》です
祝言の強飯です
南天の葉を添えて―外は猛吹雪の―。

母は夜食です
勉強嫌いの子の腹を満たす夜食です
猫が鳴き時計が一つ泣きました

母は雑炊です
腹ペコの雑炊です
七等分に分けられました

母は木臼です
ペッタンとつけば餅を出し続ける木臼です
竈戸の炎と匂いと煙と—。

母は甘酒です
台所に置かれた甘酒です
夜遅く柄杓でこっそり飲む人は誰ですか

母は逃亡です
闇の中の遠吠えの逃亡です
朝は笑顔で味噌汁を作ります

母は真空パックです
想いを固められ冷蔵庫で眠る真空パックです
早く解凍願います

第三章　豊饒

母は蒲原です
豊饒の蒲原です
今は無き鎧潟の潟風の吹く――。

母は蒲原平野です
潟風の吹く肥沃な平野です
潟とハザ木と平野の続く――。

母は角田山です
蒲原平野を眺める角田山です
雪割草が咲きました

母は鍬です
牛にも負けずに耕す一本の鍬です
トノサマガエルが目覚めました

母は平鍬です
雲雀の声を聞きながら畔を塗る三月の平鍬です
〈ピーチク・ぺったん〉と合唱します

母はヨシキリです
春の光を食べ過ぎたヨシキリです
「ギョギョ」とうめき潟風が笑います

母は鎧潟です
校歌に歌われた鎧潟です
今も美田に幻影の舟を浮かべる鎧潟です

母は鎧潟です
干拓されても潟風吹く鎧潟です
夢の中で化石化した雷魚がドアをノックして遊びに来ました

母は新緑です
固い殻を破り芽吹いた新緑です
九十二回目の一枚一枚の若葉が風に揺れ光っています

母はビーナスの誕生です
タニシに乗って子を宿すビーナスの誕生です
田の神が蛙に合唱させ祝います

母は受胎告知です
万物が見つめる中の受胎告知です
四人の告知でした

母は子宮です
四人の子を育てた子宮です
眼はありません

母は農婦です
作物を育てる農婦です
あっけらかんと笑う健康体です

母は商人です
朝から晩まで人がやって来ます
笑顔と信頼の―。

母は足し算です
善いことも悪いことも全てをプラスにする足し算です
あっけらかんと笑うオホホの足し算です

母はソロバンです
引き算を知らないソロバンです
パチパチと音がするのは喜びの証拠です

母は母乳です
痙攣する子どもを蘇生させる母乳です
眼は開きましたか

母はアジサイです
梅雨に咲くアジサイです
赤い傘の子が泣いています

母は七夕です
自分以外の願いを叶える七夕です
雨粒の笹の葉の曲線の―。

母は温泉です
誰でも分け隔てなく温める温泉です
絶えることのない掛け流しの温かさの―。

母はスマホです
一万枚の記憶写真を保存する最新のスマホです
昔と今とを結ぶ見えないコードが内蔵されています

母は海です
一滴の水からできた大海です
乾いた心を濡らし続ける—。

母は海です
果ての無い青い海です
水平線が空にとけ込み飛魚が〈母〉の文字で突き刺さります

母は噴水です
喜怒哀楽を吹き上げる噴水です
揺りかごのような先端に赤ん坊が眠っています

母は入道雲です
伸び上がる入道雲です
見上げる子ども達の目—。

母はワンピースです
豊潤な乳房を隠す水玉模様のワンピースです
夏が弾けます

母は潮です
高く吹き上がる潮です
潮の先端に眠る私がいます

母は妊婦です
ぶかぶかのワンピースを着た妊婦です
視えない目がもう輝いています

母は祭りです
神楽と天狗が舞う盂蘭盆の村祭りです
神社の屋根裏から赤い舌の大蛇が眺めています

母は青大将の舌です
チロチロと出しては引っ込める蛇の舌です
黒光りした梁に棲む——。

母は二等辺三角形です
〈子どもへの均等〉が得意技です
五感に優れた二等辺三角形です

母は添乗員です
人生案内の添乗員です
時々後ろから見守ります

母は子守唄です
眠れない子のために世界中を駆け巡る子守唄です
静寂を破る爆発音と人の肉片が散る中の—。

母は魔法使いです
みんなを笑顔にする魔法使いです
手編みの赤い帽子をかぶっています

母は弥彦山です
スカイツリーと同じ高さの弥彦山です
西蒲原の四季を眺めて暮らします

母は球です
人間関係の真ん丸い球の中心です
人が絶えません

母はペンギンです
九十度に曲がった腰でヒタヒタと歩くペンギンです
草や稲、野菜君、君たちですか？腰を曲げたのは？

母は実りの秋です
稲架架けされた乳房から
真っ白な乳が滴り落ちる実りの秋です

母は提灯です
稲架架けを照らす提灯です
満天の星も応援する中の―。

母は秋です
豊饒の秋です
春から流し続けた汗が逆流して〈実り〉となりました

母はネコです
真夜中の瞳輝くネコです
仮面をかぶった大ネズミが潜む闇を一晩中見張ります

母はネックレスです
思い出が煮詰まり結晶したネックレスです
月光に反射すると青白い涙になりました

母は呪術師です
腹痛で泣く子の腹を
手のひらでさするだけで治す呪術師です

母は枕木です
線路を支える枕木です
雨の日も風の日も雪の日もハレの日も——。

母はコインロッカーです
生まれたばかりの赤子が入ったコインロッカーです
怒りに震えながら揺りかごの役目を果たします

母は日本です
日本の母です
もんぺをはいた豊かな乳房です

母は土着です
腰までぬかり稲を刈り太股に蛭をつけて笑う土着です
蒲の穂が秋を吸い寄せます

母は天然記念物です
〈母〉という天然記念物です
どっしりと座って笑っています

母はカマイタチです
半ズボンの少年のふくらはぎを裂くカマイタチです
渋柿が一つ熟しました

母は案山子です
へのへのもへじの案山子です
黄金の稲穂がワサワサと揺れる中の—。

母は夢物語です
夢を紡ぎ糸巻機に巻いていきます
カラリコロリ　カラカラコロリ　カラカラカラコン

母は踵です
あかぎれした踵です
川水で鍋を洗うとナマズが驚き潜ります

母はあかぎれした指です
その指で今夜も蚕のように編み物をします
真っ白く結晶したガラス窓の内側で—。

母は天然ガスです
ポッポッと燃える天然ガスです
子どもが四人風呂に入り熱い湯を雪で埋めています

母はカレンダーです
一月　二月　三月・・・
いつも笑い続けるカレンダーです

母は未来です
明日も明後日もカレンダーで笑う未来です
来ないかも知れない未来です

母は焚き木です
燃え尽きても埋火となり
子をあたため続ける執念の焚き木です

第四章　深く

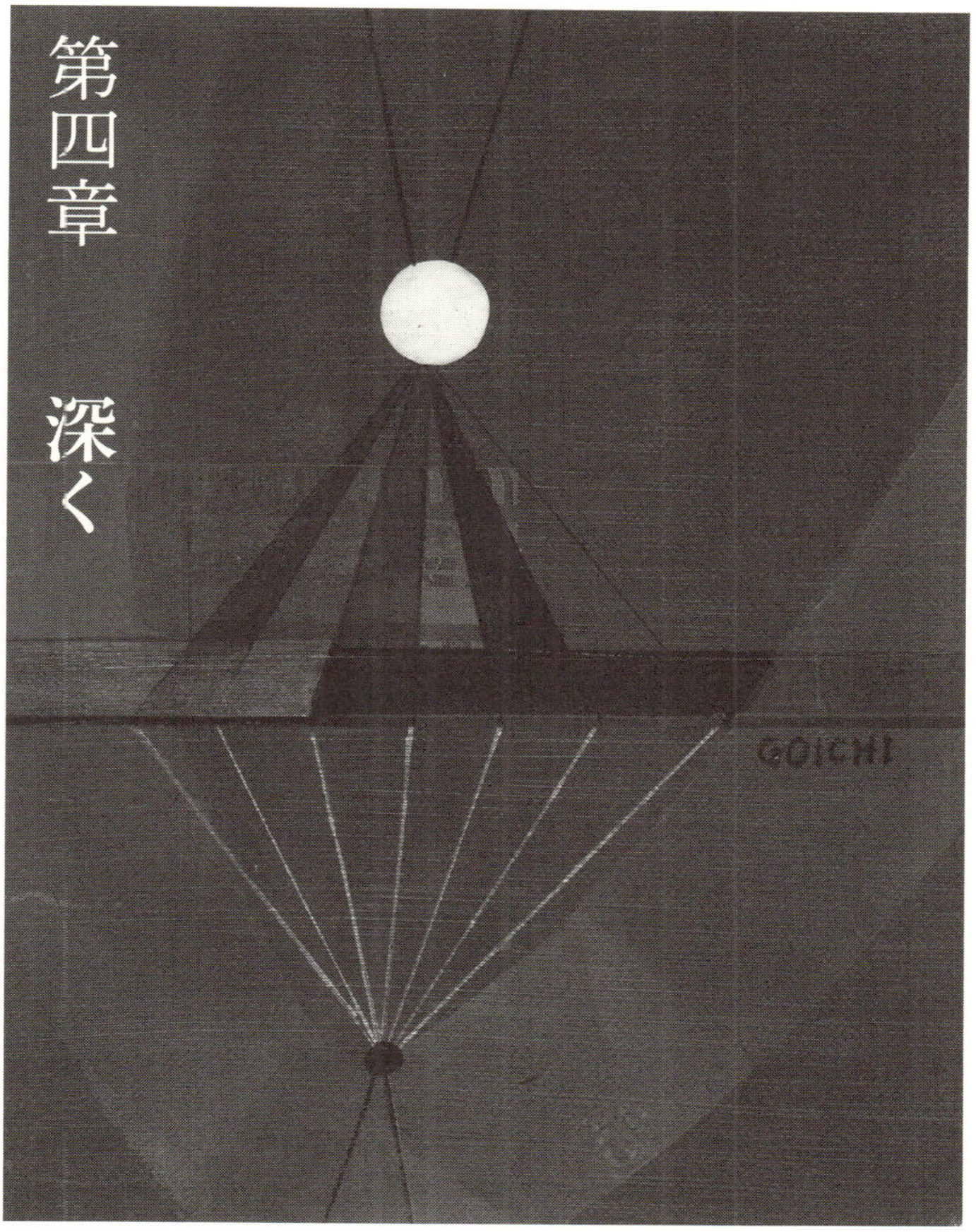

母は舟です
葦原を進む孤舟です
薄紅く染まる川に消えて行きます

母はあぶり出しです
白い紙からゆっくりと浮かび上がる
泣き笑いのあぶり出しです

母はデ・キリコです
放蕩息子の帰宅をいつまでも待ち続けます
風景が反転し過去が平然と押し寄せ居座ります

母は透明です
〈在ることの幸福〉を忘れかけた透明です
赤いペンキをかけたら〈堪忍〉の文字が蛇の舌のように浮かび上がりました

母は燻炭焼きです
春霞の籾を燃す燻炭焼きです
良寛様が歩いて来ました

母は柱の傷です
節句の子どもの成長を見守る柱の傷です
もう誰も住む者は居ません

母は梅雨です
尽きることのない涙の梅雨です
のっぺらぼうの顔から涙がこぼれています

母は手押しの草取り機です
苗の上をジャブジャブと進む草取り機です
ジリジリの太陽の下の—。

母は涙です
紅い涙です
放蕩息子を勘当しながらも信用し続ける涙です

母は哀しみです
目頭を両手で押さえても
尽きることなく溢れる涙の哀しみです

母は絶望です
閉ざされた窓のように
絶望の先のまた絶望の永遠です

母は各駅停車です
どの駅にも必ず止まる電車です
止まる駅から手が伸びて旗を振るのは私です

母は所詮です
所詮！　所詮！　所詮の彼方に在る
所詮の母です

母は祈りです
天への祈りです
虚空に舞う祈りの華です

母は嗚咽です
楽しい思い出ばかりの嗚咽です
フクロウの首の反転

母は小豆洗いです
パソコンに疲れた小豆洗いです
どうか音を聞きつけて下さい

母は〈今〉です
大きな愛の形の〈今〉です
永遠が無いことを知った哀しみの〈今〉です

母は夢です
流れる銀河の中の夢です
その夢を白鳥座がくわえて飛び去りました

母はネズミです
家の隅々までを知り尽くすネズミです
こっそりと真夜中に甘酒を飲む子を知っている—。

母は月です
満ちては欠けることを繰り返す月です
円成を願う赤い月です

母は絵具です
黒いキャンバスを明るく塗り直す絵具です
ああ　この匂いは―。

母は胎堕です
光から闇へのタイムマシンです
嗚咽と遠ざかる赤ん坊の泣き声と―。

母は原初の闇です
呻き声を封じ込めて母胎が大地にとけ込みます
そこから立ち上がるものの形

母は秘密です
天を埋め尽くす笑顔の秘密です
笑い声は膨張しやがて破裂します

母は堪忍です
ドラ息子を想う堪忍です
旅から帰る日に内鍵をかけると椋鳥が一斉に飛び立ちました

母は都会です
涙で溶かした紅を差します
少し歩き疲れました

母は嘔吐です
逆立ちする嘔吐です
哀しみが蒸発して空に溶け込みます

母はお地蔵様のよだれ掛です
真っ赤なよだれ掛けです
つるべ落としの夕陽の中の—。

母は炎です
燃え尽きることのない炎です
彼岸花の燃える炎に似た—。

母は曼珠沙華です
燃え尽きて散る曼珠沙華です
深く青い空の下に咲く一群の—。

母は乳母車です
私を乗せて歩みを止めない乳母車です
夕陽を追いかけると雁が天上を滑りました

母はバック転です
哀しみから逃れるバック転です
連続のまた連続技のウルトラCの―。

母はのっぺらぼうです
〈私は誰ですか〉と問うのっぺらぼうです
赤い笑いです

母は鬼です
子を食らう鬼です
秋の虫が一斉に鳴き泣きして深い闇を連れて来ました

母は世界平和です
小さな火薬すら許さない世界平和です
地球はたった一つです

母はアルバムです
カラー写真なのに
開くと皆モノクロの世界に包まれるアルバムです

母はリヤカーです
七人を乗せて砂利道を果てなく進むリヤカーです
つるべ落としの夕焼けが手を伸ばし引き寄せます

母はコンパスです
円を描けなくなったコンパスです
中心の足がおぼつかない―それでも楕円形を描きます

母は蜂です
冬を迎える一匹の蜂です
触覚が壊れたワイパーのようにズリズリと鈍く動きます

母は角隠しです
鋭い角をなだめる角隠しです
狐の行列がポッポッと青白く光り通り過ぎました

母は慈愛です
ドラ息子のための円い顔の慈愛です
流れた涙が結晶し首飾りとなりました

母はフイルムです
色褪せたフイルムです
砂利道で坊主頭の大きな目の子が写っています

母は調和です
ちょうどよい調和です
天体すら天秤にかけ調和します

母は望郷です
忘れられない望郷です
蒲原平野の潟も心も干上がっていない頃への―。

母は信念です
生きることの喜びを信じ切る信念です
尻尾の切れたトカゲが塀の上を走りました

母は象形文字です
身体を曲げて〈母〉の形を作る象形文字です
もう固まってしまいました

母は砂利道です
重い荷をつけた自転車を走らせる砂利道です
砂ぼこりをかぶったおかっぱの少女が泣いています

母は紅葉です
枝々の葉の先端までをも燃やす紅葉です
〈美しさの後〉を知り尽くす――。

母は雪蛍です
真冬に舞う雪蛍です
埋め尽くされた雪原で青白く燃えています

母は幸せの鐘です
音となってかけ巡り
子ども等を虐待や貧困から守る幸せの鐘です

母は坐禅です
歩き坐禅です
赤子の泣き声の方へと向かいます

母は疑問符です
人生を問う疑問符です
涙の形をしています

母は毛細血管です
全身を駆け巡る毛細血管です
産まれ来る子に栄養を送るための—。

母は時計です
ボーンボーンと鳴る柱時計です
音が響く間、戦死者が行進します

母はイモリです
赤い腹をしたイモリです
前世の因果色をした――。

母は大晦日です
猫の手も借りたい大晦日です
仕事が無くなった今は蛸のように手をかじっています

母は友だちです
自作自演の友だちです
「おめさん、聞こえるかね」「あいよ」

第五章　浄化

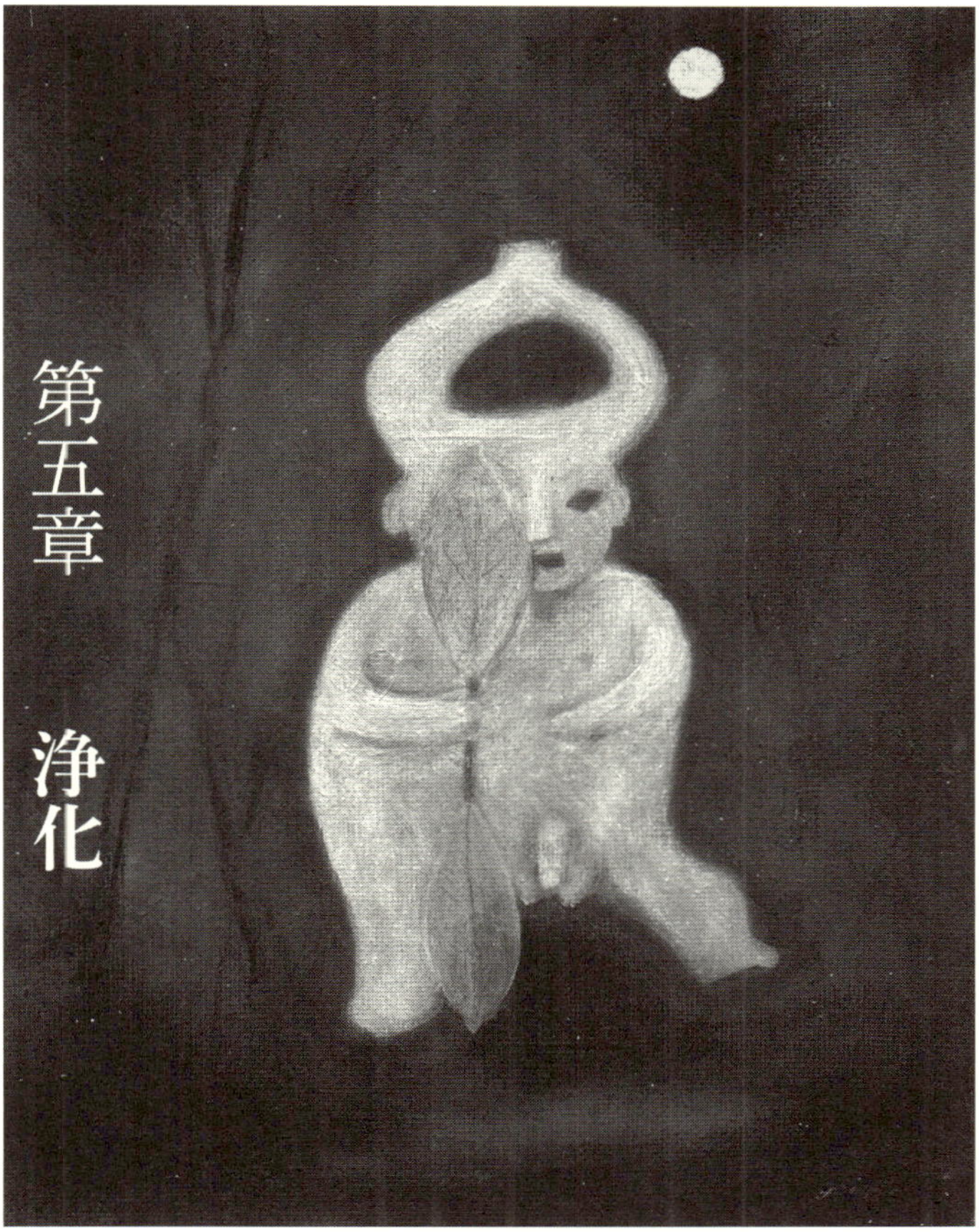

母は菩薩です
生きる菩薩です
円い円い顔をした—。

母は良寛です
今でも時々子どもが訪ねて来ます
一、二、三、と涙の指で空に文字をなぞります

母は桜です
満開の桜です
散る刹那、花びらは天に吸い込まれました

母は後悔です
過去を手のひらで覆う後悔です
記憶が青白く燃え、昔殺した大蛇の尾がピクピク動きはじめました

母は石の上です
もう九十二年も石の上です
石はやはり石でした

母は〈今は昔〉です
細い道のずっとまた奥の〈今は昔〉です
灯りが瞬きやがて消えて行きます

母は夕鶴です
織り過ぎた布のためにぼろぼろになった羽で
失われた故郷へ帰るたった一羽の夕鶴です

母は星です
よだかの星です
燃え尽きないで—。

母は故郷です
ハサミで切り裂かれひび割れた故郷です
青息吐息の蛙や雷魚の棲む——。

母はふるさとです
越後蒲原のふるさとです
〈情〉と〈勤勉〉のふるさとでした

母は雲です
流れる雲です
生まれ来てやがて消えゆく雲です

母は黄昏です
天を焦がし夕陽を沈める黄昏です
細い道の先に立つ人に声をかけてはいけません

母は聞かザルです
父も兄も戦死です
耳は蓋をして声を忘れます

母は出会いです
夕暮れに遥か北方から蛍が逢いにきました
湿った父の匂いがしました

母は出会いです
朝方遥か南方から蛍が逢いに来ました
乾いた兄の匂いがしました

母は星です
たった一つの星です
あまたの星の中のたった一つの瞬き

母は縄文人です
星と会話できる縄文人です
その瞬きの意味―。

母は情念です
胎堕された子を想う情念です
赤い川の暗闇に流れ着きます

母は彼岸です
一人歩く道の彼岸です
曼珠沙華の花咲く中の―。

母は呼吸です
〈生まれて消える〉呼吸です
長い年月もほんの一瞬の―。

母は輪廻です
〈生まれて消える〉を繰り返す輪廻です
赤い花が咲き零れます

母は再会です
輪廻の再会です
朝露に濡れた草の葉の一枚に宿る祈りです

母は命です
燃え尽きる命です
空が赤く泣きました

母は鮭です
ふるさとに還り着いた鮭です
万物を解体し川に流されゆっくりと海に消えていきます

母はギブアップです
声を出さないギブアップです
晩秋に一枚の葉がそっと枝から離れました

母は昇天です
輪廻する昇天です
星々は秩序を解体し〈哀しさ〉の形で煌めきました

母は輪廻の昇天です
たった独りぼっちの昇天です
今朝赤ちゃんが生まれました　女の子です

母はもう〈母は〉と書けない母です
振り返れば歩いた足跡が
涙で青く光っているではありませんか

母は煙です
雨の中を天に昇る煙です
人も動植物も無機質の物質たちも皆、涙を流しました

母は宇宙船です
何故って
母は宇宙に還るからです

母は宇宙船です
何故って
母は地球の星に戻ってくるからです

母は一つの星です
宇宙を母とした一つの星です
あっ！　流れ星!!

母は宇宙です
宇宙の母です
瞬き煌めく全ての宇宙です

母は宇宙の華です
宇宙の中のたった一輪の華です
咲いてはやがて砕け散る—。

母は全宇宙です
彼岸の彼方の宇宙です
浄土の母も目の前の母も全てが宇宙です

母はどこにもいません
そして母はどこにでもいます
一つ二つ三つ　いろはにほへと

母は消えました
そして母はしっかりと今でも居ます
露草の葉の一滴の雫―。

母は産まれました
越の国の農家の家で
萌が震えています

母は空です
激しく雨を降らす空です
ああ、雲の天井の青空―。

母は無念無想です
そこに在ってそこには居ません
心の中にいるのです

母は消えました
母は在り続けます
花筏となってどこまでも流れて行きます

母は天へ昇りました
そして母は今も大地にいます
世界全体が秩序よく黙礼しました

母は一つの精神体です
宇宙全体です
永遠の輪廻の中の―。

母は母でした
母は全存在を終え
宇宙に旅立ちました

母はもう消えました
桜が咲いて
春がやって来ました

母はまた産まれました
静寂な朝に
雲も田も山も厳粛に見守る中で

母は風です
母は月です
母は花です

母はあなたの中にいます
慈悲心を持って
今も五感に呼びかけています

あとがき

九十二歳を過ぎた母親から毎週のように手紙が来る。時候のあいさつや庭の草木の様子、畑の作物のこと、近所の茶飲み友達が来たことなどで、特別なことは書かれていない。そして手紙の最後にはいつも、「交通事故に気をつけるように」「オレオレ詐欺に気をつけるように」「風邪をひかないように」などと締めくくってある。幾つになっても、母親が子を想う気持ちが伝わって来る。

子守唄は赤ん坊の時に唄われ、子はその意味など分かるはずもないが、子宮内の心地よさのようなものをそこに感じ取り、〈絶対の安心感〉を体得することができる。そして今、九十二歳を過ぎた母は、昔唄った子守唄の代わりに還暦を過ぎた子に手紙でそれをしたためて伝えてくれる。母親とは有難いものである。しかし、人生を肯定し続けて来た母の手紙も、最近では少し様子が違って来て、世の中を嘆く内容がしばしば登場するようになった。それは先の「オレオレ詐欺」の延長上にあると思えるが、人と人との関係が薄れて来たことへの不満である。村の中でさえその繋がりが薄れ、人々との交流が少なくなって来た。それが当たり前、現代の生き方なのだというようにそれを公認する風潮に対して悲しんでいるのだ。

大正十五年生まれの母は、濃密な人間関係の中で育ちそして嫁ぎ、酒の小売業を営んで来た。四人の子どもを育て、時間があれば田を作り畑も耕し続けて来た。そこには人と人との助け合う関係が存在していた。労働の苦労は、人との交わりの中で〈生の喜びそのもの〉に変わり、苦労を苦とも思わないたくましい生き方である。

九十二歳を生きて来た中には当然人生の喜怒哀楽があったたし、四人の子どもを育てあげた苦労は並大抵ではなかったことと思うが、常に愛情を絶やさない〈日本の母〉的存在である母。長く続けた畑の仕事のためか、九十度近くにも腰が曲がり、最近は歩くことも容易ではなくなって来た。その母に、私が出来ることと言えば一つしかない。それは〈母〉をテーマとした作品を詩で表すことである。

母は焚き木です
燃え尽きても埋火となって
子をあたため続ける執念の焚き木です

このように、わずか三行の詩の中に、母の人生を閉じ込めて見た。それは私が母を見て感じて来た記憶でもあるし、願望や誇張も混じりデフォルメされている。その中に、母の履歴や異性側から見た母親への想い、そして母と子の関係の共通性・普遍性なども書き込んでみた。〈私にとっての母〉は私を見つめると同時に、読者にとっても〈自分の母〉として、その母親像を発見できると確信している。

子どもや老人など弱者への虐待が後を絶たない。母親との絆、父親との絆、社会との絆が薄れているのである。いやその本来もつ絆を、現代社会が遮断していると言ってよいだろう。

へその緒的な繋がりを欠いてしまっているのが、現代なのである。その人間的な関係を保つことは、かっこ悪いことなのだろうか。そんなことはないはずである。ならば、本来持つ母と子の関係をもう一度あぶり直して見る必要があるのではないのか。それは隣人や地域、社会を見直すことにも繋がるだろう。

かつて詩人の松永伍一先生は、子守唄が母親から子への絆の証であったように、子から母親に捧げるものとして「母守唄」を次のように提唱された。

あるとき、私がこれまで生きてくることができたのも、母親の愛情から始まったと考えた。そして、母が年をとり、かりに寝込んでしまうようなことがあったなら、こんどは子どもの側が、母親の面倒をみなければならない。そのとき、私が母の枕元で、「母守唄」を歌ってあげなければならないと考えた。親子のあいだで、立場が逆転する。子守唄は母守唄になる。(『老いの美徳』より)

ここに収めた二百五十余りの三行詩は、私にとって母へ捧げる〈母守唄〉のつもりである。こうして詩のテーマとした「母」。現在も生活している母に、率直に「ありがとう」と言いたい。私が手紙の最後に書く「一日をゆっくりと過ごし、深呼吸して楽しんで下さい」との想いは、日々一層深まるばかりである。

この詩集発刊にあたり、日本子守唄協会会長の西舘好子様から序文をいただくことが出来た。

お忙しい時間を割いて書いていただいた。本当に嬉しいことである。それは松永先生との縁によるものである。西舘様は、現代社会が抱える母と子等の問題を取り上げ、それを様々な方法で改善しようと、積極的な提案と活動を全国で展開されている。また、子守唄の蒐集にも努められている。この『母は焚き木です』の詩の一部を、日本子守唄協会の季刊誌「ららばい通信」(二〇一六年夏号) に載せていただいた。

二〇一八年三月三日に、松永先生の故郷福岡県大木町で、没後十年松永伍一文学詩碑除幕式が行われた。ミニコンサートでは松永先生と関係が深い歌手の松原健之さんが歌われた一曲「ブルースカイ〜あなたと飛びたい〜」は、松永先生の詩に曲がつけられたものである。とても素敵な歌であった。松永先生は故郷の大木町の大空から除幕式の様子を眺め、この歌を聴いていらしたことと思う。私は、この日のために書いた詩集の原稿を携え吹雪の新潟からブーツを履いて一人参加した。そして文学詩碑に原稿を置きそっと問いかけた。「詩集にしてよいですか」と。すると「よく来たね。いいよ」と声が返ってきた気がした。

松永先生は、私にとっての文学・詩人の師である。縁とは不思議なもので、式典終了後の懇親会に申し込みもしていないのに出席させていただいた。その折、松永先生の教え子であられる近藤征治様と面識を持つことが出来た。近藤様は、松永先生の世に出ていない歌集や教師時代の「河童園」などをまとめておられ、分けていただいた。また、松永先生が描かれた油絵をたくさん管理されていて、その貴重な一枚を私に下さった。こんなに嬉しいことはない。この詩集を編むにあたり、松永先生の画を使いたいと切に願い、近藤様にお願いしご遺族の承諾をいただくことが出来た。この詩集の表紙に、そして各章にこの画を使わせていただいた。松永伍一先生、西舘好子様、近藤征治様との縁によって、この詩集が誕生したと言ってよい。本当に有難く嬉しいことである。感謝の他はない。

母の存在があればこそ、この詩集を完成することが出来た。母はこの詩集を読んで「まだ修業が足りん」と、きっと叱ってくれるだろう。それもまた母への敬意の表し方と自己弁護している。

妙高戸隠連山国立公園の麓にて　二〇一八年秋　国見 修二

略歴

国見修二（くにみしゅうじ）詩人

一九五四年　新潟県西蒲原郡潟東村（現新潟市）生まれ
一九七八年　専修大学文学部国文学科卒業
一九九四年　上越教育大学大学院修了
一九九六年　青海音物語『石の聲・記憶』原作
二〇〇三年　組曲「妙高山」作詞
二〇〇七年　千代の光酒造焼酎「雪蛍のさと」のラベルに詩が採用
二〇〇九年　新潟日報に「越後瞽女再び」を連載（十二回）
二〇一一年　ざいたく新聞に「生きる詩リーズ」連載（〜二〇一六年二十回）
二〇一五年　妙高高原ビジターセンター館内に毎月の詩を連載（〜現在も続く）
　　　　　　二月十一日、新潟市「水と土の芸術祭第二回プレシンポジウム」で加藤登紀子氏と詩の朗読・コラボを行う
　　　　　　十月、新潟日報に「越後郷愁のはさ木」を渡部等と連載（〜二〇一六年まで二十回）
二〇一六年　日本子守唄協会の季刊誌「ららばい通信」夏号に「母は焚き木です」掲載
　　　　　　新潟日報に「越後郷愁―雁木を歩いた人々」を渡部等と連載（〜二〇一七年まで二十三回）
二〇一七年　「剣道時代」二月号に「比喩で表す剣先の強さ」掲載
　　　　　　「ららばい通信」春号に「越後瞽女から学ぶこと」掲載
二〇一八年　「ららばい通信」春号に「没後十年松永伍一ふるさとに文学詩碑建立」掲載
　　　　　　五月十二日、新潟市西蒲区いわむろやにて、はさ木の魅力発信をテーマに書家、映画監督、画家、写真家と座談会・瞽女唄演奏会を開催

七月七日～八月五日、妙高高原ビジターセンターにて「妙高・那須アートコラボレーション」を開催　七月十四日、高原の魅力談議開催
八月十八日、新潟市「水と土の芸術祭―潟と人の共存する未来」シンポジウムに参加

主な著書

詩集　『鎧潟』（土曜美術社出版）　『戦慄の夢』（近代文芸社）
『青海』（土曜美術社出版）　『雪蛍』（よっちゃん書房）
『瞽女歩く』（玲風書房）　『詩の十二カ月』（上越タイムス社）
『瞽女と七つの峠』（玲風書房）　『鎧潟』（復刻版　喜怒哀楽書房）
『剣道みちすがら』（体育とスポーツ出版社）
詩画集　『ふるさとの記憶―祈り』（上越タイムス社）
言葉集　『若者に贈る言葉―光の見つけ方』（玲風書房）
短篇集　『黒光り』（新風舎）
『越後郷愁―はさ木と雁木と瞽女さんと』（新潟日報事業社）
高校、小学校の校歌作詞（七校）

日本詩人クラブ会員　上越詩を読む会運営委員
高田瞽女の文化を保存・発信する会理事
けやきの会（文学）講師　剣道七段
瞽女や文学の講演を各地で行う
画家の渡部等と詩画展を全国各地で開く
現住所　新潟県妙高市石塚町一－九－一
E-mail K.shuji@snow.plala.or.jp

松永伍一・画　作品リスト

カバー表　《きょうも耕す》
カバー裏　《エーゲ海ファンタジー》
口絵　《退屈している木》
第一章　遊び　《一度遠出をしたい》
第二章　食べる《アナトリアの女人授乳像》
第三章　豊饒　《無題 No.17》
第四章　深く　《無題 No.3》
第五章　浄化　《子どもの形をした壷》

母守唄　母は焚き木です

二〇一九年二月十五日　初版印刷
二〇一九年三月 五 日　初版発行

著 者　国見修二
発行者　生井澤幸吉
発行所　玲風書房
東京都北区東十条一－九－一四
電話〇三－六三二二－七八三〇
URL http://www.reifu.co.jp

制 作　クリエイティブ・コンセプト
印刷・製本　株式会社　誠文堂

ISBN978-4-947666-79-6 C0092